haro !

Viviane Moore

Roman

Illustration de couverture
de Claude Cachin

EDITIONS
THIERRY
MAGNIER

De sang italo-irlandais, Viviane Moore est née à Hong-Kong d'un père architecte et d'une mère maître verrier. Après être passée par le journalisme et la photographie, elle se consacre à la littérature et alterne les romans historiques et contemporains. Le Moyen Âge est depuis l'enfance l'une de ses passions qu'elle continue d'explorer à travers nombre de ses ouvrages.

Site de l'auteur : www.vivianemoore.com

Littérature jeunesse
Nouvelles vertes (collectif), éd. Thierry Magnier.
Le Seigneur sans visage, éd. Flammarion (coll. Castor Poche).
La Danse des maudits (collectif), éd. Rageot.

Littérature adulte
Le Peuple du vent, éd. 10/18 (coll. Grands Détectives).
Les Guerriers fauves, éd. 10/18 (coll. Grands Détectives).
La Nef des damnés, éd. 10/18 (coll. Grands Détectives).

La Couleur de l'archange, éd. Le Masque-Hachette.
Noir roman, éd. Le Masque-Hachette.
Bleu sang, éd. Le Masque-Hachette.
Rouge sombre, éd. Le Masque-Hachette.
Blanc chemin, éd. Le Masque-Hachette.
Jaune sable, éd. Le Masque-Hachette.
Vert-de-gris, éd. Le Masque-Hachette.
Les Oiseaux de Rhiannon, éd. Le Masque-Hachette.
Fauve, éd. Le Masque-Hachette.
Par le feu, éd. Le Masque-Hachette.
Par la vague, éd. Le Masque-Hachette.
Par le vent, éd. Le Masque-Hachette.
Ilianday, éd. Le Masque-Hachette.
Intramuros, éd. Le Masque-Hachette.

Tokyo des ténèbres, éd. Flammarion.
Ombre japonaise, éd. Flammarion.
Le Passager silencieux, éd. Flammarion.

À la haute dame de Chartres
qui n'a jamais cessé de m'inspirer.

1

Le vieil homme rajusta sa capuche en marmonnant. Trois jours déjà qu'il pleuvait sur Chartres. Une pluie qui jaillissait de la gueule béante des gargouilles de Notre-Dame, éclaboussait la pierre blanche des statues et dévalait les ruelles en pente. « Cette année 1177, songea-t-il, est sous le signe de l'eau et… de la trahison. »

Un frisson d'angoisse remonta le long de son échine. Il se sentait si faible, si lâche, si usé aussi. En cet instant précis, il aurait aimé redevenir un enfant et tout recommencer. Plus il vieillissait, plus l'enfance lui semblait proche. Peut-être était-ce cela vieillir ? Décrire un large cercle qui nous ramène à celui qu'on a été. Les conseils de sa mère lui revenaient : « Ce monde n'est pas fait pour toi, mon fils. Tu devrais te faire moine, au moins tu aurais le ventre plein et tu serais en sécurité. »

Si elle avait su dans quelle mauvaise posture il se trouvait ! Et tout ça justement parce qu'il avait choisi d'être moine !

Il soupira. Pourtant il devait parler, demander audience au nouvel évêque et tout lui expliquer. À moins qu'il n'aille voir ce chevalier breton, Galeran de Lesneven, rencontré la veille chez son ami le maître d'œuvre. Un homme habitué au danger. On disait même qu'il avait vaincu un dragon en Aquitaine et que, grâce à lui, la cathédrale de Chartres avait échappé à un incendie ! Lui saurait quoi faire !

Le cœur de frère Eustache cogna plus vite, sa décision était prise. Parler, avouer, se confesser. Mettre au jour cette ignominie, sauver ce qui pouvait l'être encore. Et pourtant, parler, c'était se mettre en danger. Il revivait cette singulière réunion, revoyait les visages durs des conjurés et celui de leur chef, il entendait à nouveau les paroles du serment.

Il s'avança sous le porche, hésitant encore à se risquer sous les trombes d'eau. Il n'entendit pas le pas de l'assassin ni ne vit l'ombre qui se glissait derrière les hauts piliers.

C'est une infime sensation de danger qui le fit se retourner.

La lame se leva. Une terrible douleur le transperça, une large main étouffa son cri. C'est le sentiment de chute interminable, de noir absolu qui lui fit comprendre qu'il était trop tard…

À l'autre bout de la ville, au moment même où frère Eustache basculait au pied de son meurtrier, la mince silhouette d'un garçon aux cheveux roux glissa dans la boue et tomba. Il resta un moment à contempler ses pieds nus, hébété, frottant sa cheville endolorie.

– Tu ne t'es pas fait mal ? marmonna-t-il en s'adressant à lui-même.

Même s'il savait que cette fois personne ne lui courait après, Maël, dit le Renard, se redressa et repartit en claudiquant.

– Pourquoi t'es né dans le ruisseau, le Renard ? Tu veux me le dire ? Pourtant y en a des maisons, des fournils, des auberges, des granges… Mais non, toi, il a fallu que tu naisses sur le pavé. Alors quand la nuit vient, au lieu d'être au chaud comme un bourgeois sous sa courtepointe, tu galopes sous la pluie !

Pour l'heure, ce qui l'angoissait, c'était de revenir chez son maître la besace vide. Alors il causait à voix haute, essayant de se donner du courage, d'oublier la peur qui le tenaillait et lui tordait l'estomac plus encore que la faim. Et Dieu sait s'il avait faim !

– Y va rien te dire ? Y va pas te frapper ? Non, se répondit-il, y va te laisser tranquille.

Le Renard repartit en courant et enfin, les vêtements plus trempés que s'il avait plongé dans l'Eure, arriva à l'entrée du cimetière Saint-André.

Là, jouxtant une église s'ouvrait un vaste terrain où se dressaient quelques tombes, des pieds de vigne et des maisons de torchis aux toits de chaume. Le village des « hôtes », ces hommes qui, en échange de la protection des religieux, travaillaient au vignoble et à l'entretien des lieux saints. Buis centenaires, troènes et houx cernaient la fosse commune, celle où l'on jetait les miséreux tels que lui. Indifférent à la boue, le garçon rampa sous les buissons et, écartant les branches basses, observa les environs.

– Pas de gens d'armes, la voie est libre, s'encouragea-t-il à voix basse. Tu peux y aller.

Maël sortit de sa cachette et, en quelques enjambées, se retrouva sur le seuil de l'une des cabanes. Il gratta à la porte. Le vantail s'entrebâilla. Il s'avança, laissant ses yeux s'accoutumer à la pénombre. Un fagot de brandes de bruyère se consumait sur la pierre plate du foyer et des étincelles grimpaient vers le ciel à travers un trou dans le toit.

– Enfin, te voilà ! Que m'apportes-tu ?

La porte avait claqué. L'ombre d'Arastaigne, son maître, s'allongeait sur le sol, grimpait le long de la paroi et achevait sa course, immense et difforme, sur le plafond noirci. Le Renard ne put empêcher son cœur de battre plus vite.

Les liens qui unissaient ces deux-là étaient complexes. Attachement, reconnaissance et peurs de toutes sortes se mêlaient si étroitement que le garçon n'arrivait à savoir quel sentiment l'emportait sur les autres.

Servir Arastaigne, c'était avoir un protecteur mais aussi avoir peur d'être rejeté ou même vendu à quelque sordide marchand de chair, ces hommes en quête de jeunes garçons ou de fillettes qui finissaient dans les mines, sur des bateaux en partance ou dans d'autres lieux plus terribles encore.

Pourtant, sans la protection de cet homme, il serait mort des fièvres. Sans lui, il ne serait jamais devenu le « Renard » : un voleur qui laissait en guise de signature de ses forfaits une touffe de poils de goupil. Un voleur dont l'agilité et l'astuce désespéraient les bourgeois et dont l'insolence distrayait les mendiants. Un bref sourire éclaira le petit visage constellé de taches de rousseur, faisant briller ses yeux. Personne, sauf un sergent d'armes, ne l'avait jamais vu. Il était devenu une légende et, même si on lui attribuait bien des vols qu'il n'avait pas commis, il aimait entendre les gens conter ses exploits. Ce qu'il préférait surtout, c'était quand ils le décrivaient comme un géant !

S'ils avaient su, tous, qu'il était petit, maigre et peureux !

– Mais tu souris ! s'exclama la voix.

– Oh non, maître, protesta Maël en déformant sa bouche, c'était une grimace, je suis tombé et je me suis fait mal à la cheville. Savez, avec cette pluie, même les marchands ouvrent plus leurs étals. Quant à mendier, y a personne dans les rues.

De longs doigts palpèrent ses vêtements.

– C'est pourtant vrai : tu ne rapportes rien !

Le ton était déçu, la voix morose. Le garçon se tassa sur lui-même. Sans lui accorder davantage d'attention, Arastaigne était allé s'asseoir sur son tabouret face aux flammes.

Il fixait les braises, ses yeux pâles perdus dans le vague, et Maël trouva cela plus inquiétant qu'une bordée d'injures ou une volée de coups de bâton.

Malgré le bruit de l'averse, le son des cloches de la cathédrale Notre-Dame, bientôt suivies par celles de Saint-André et des autres églises de la ville, se fit entendre. La nuit venait et, avec elle, le couvre-feu.

Son maître semblait avoir oublié sa présence. Maël allait se glisser sans bruit vers sa paillasse mais il s'immobilisa net.

– Si au moins tu avais attrapé un lapin au collet ou un oiseau à la glu ! avait dit Arastaigne, se levant pour saisir la marmite et la placer sur un trépied au-dessus du foyer.

Le garçon imagina le pire. Et s'il le renvoyait là, maintenant ? Où irait-il ? Qui voudrait de lui ?

– Il faut repartir ! ordonna son maître. Rapporte-moi quelque chose. Étonne-moi !

– Oui, maître, mais avant, je vais vous chercher de l'eau et du bois sec.

– Va, va, ce n'est pas la peine. Jehan, notre petit voisin, m'a apporté tout cela. Il est serviable, ce garçon. Jeune encore, mais serviable.

Maël détesta aussitôt ce soudain rival et s'inquiéta de l'air attendri que prenait son maître en parlant de lui. Il soupira. Arastaigne ne l'écoutait plus.

Dans la marmite réchauffait une soupe au pain, au lard et aux choux dont l'odeur le fit saliver.

– Bien maître, murmura-t-il en se glissant dehors.

Une fois sur le pas de la porte, il regarda avec angoisse autour de lui. Tout était d'un noir opaque. Un vent froid se glissait sous ses vêtements à la toile trop mince. Ses pieds étaient glacés. Il s'interpella à voix basse :

– Tu le sais toi, le Renard, que personne n'arpente la ville la nuit, sauf les spectres, les fous, et les assassins. Oui, tu le sais, mais tu n'as pas peur, hein !

Il s'efforça de ne pas penser aux cadavres qui dormaient sous la terre du cimetière, encore moins à tout ce qui devait rôder que ses yeux ne voyaient pas, et s'élança.

La lune sortit de derrière les nuages. Une dame blanche le frôla en soufflant. Un bref instant, il aperçut ses ailes livides et ses grands yeux jaunes, entendit le cri perçant d'un rongeur mis à mort d'un puissant coup de bec puis ce fut à nouveau le silence.

Le cœur battant, il se hâta vers la rue. Les derniers volets se fermaient. Les soldats du guet tendaient les chaînes en travers des rues. La lune se reflétait sur les pavés gras.

– Réveillez-vous, les bourgeois ! gueula une voix avinée. Réveillez-vous !

Des pas approchaient. Maël se précipita sous l'étal d'un marchand, vaste table enchaînée aux pavés dont l'ombre le dissimula à la vue des nouveaux arrivants.

– Tais-toi ! gronda une deuxième voix. Tu vas alerter les gens d'armes.

– Je me f… de la patrouille et du prévôt ! jura le premier homme. Et aussi de l'évêque et du comte !

D'autres voix se joignirent à la sienne. Ils devaient être une dizaine, goliards, ouvriers ou clercs en balade, déjà ivres de vin et d'hydromel, traversant la ville en brisant des volets ou des auvents, souillant tout ce qu'ils pouvaient et laissant sur les murs injures et dessins obscènes.

Ils s'arrêtèrent un instant non loin de l'étal et l'un d'eux, sous les rires moqueurs de ses compères, se pencha pour vomir.

Une fois les goliards partis, Maël sortit de sa cachette, évita la flaque nauséabonde et se lança à toutes jambes dans la montée qui menait à la cathédrale.

À cette heure, s'il y avait encore quelques bourgeois ou artisans dehors, ce serait là et dans le quartier des tavernes. Il eut vite fait de se retrouver près du palais de l'évêque dont il longea les murs avant de déboucher par une poterne dans le cloître Notre-Dame et de se cacher précipitamment dans un renfoncement.

Levant haut leurs flambeaux, deux silhouettes encapuchonnées passèrent sans l'apercevoir.

– La besogne est faite ! fit l'une d'elles, la voix rauque et éraillée. Il est mort sur le coup.

– Il allait parler et s'il l'avait fait… remarqua l'autre. Où est le corps ?

– Dans l'Eure avec une pierre au col.

Le silence retomba. Un frisson courut sur l'échine de Maël. La lumière de la torche éclaira un moment les bâtisses de bois, puis disparut. Les mots résonnaient dans sa tête : « Mort sur le coup », « Dans l'Eure avec une pierre au col ».

– Y parlent d'assassinat comme toi de voler un quignon de pain ! murmura-t-il. Mais t'as pas peur, le Renard. Non, non, t'as pas peur !

La curiosité l'emportant, le rouquin s'engagea dans la direction suivie par les deux hommes et déboucha au pied du clocher de la cathédrale, à côté des échoppes des merciers. Il aperçut la lueur des torches puis d'un coup, plus rien. Comme si elles s'étaient enfoncées dans le sol ! Il s'approcha et découvrit une porte basse dont le battant était entrouvert.

– C'est une des entrées du Trésor, marmonna-t-il. D'habitude c'est fermé, ou y a des gardes.

Il hésita mais l'envie de rentrer dans les bonnes grâces de son maître fut la plus forte.

– Allez, le Renard, t'y vas ! s'encouragea-t-il.

Il descendit quelques marches. Des flambeaux étaient plantés dans des cônes de fer dans les murs et il voyait son ombre courir sur la pierre. Il suivit un couloir, passa une première porte, puis une seconde. Le sol était glacé sous ses pieds nus.

Une grosse voix résonna soudain :

– Qui va là ? Halte !

Il se figea. Au fond du couloir, il apercevait, découpées par la lueur des torches, les silhouettes de ceux qu'il suivait et celle du garde qui leur barrait le passage.

Il s'accroupit, observant la scène.

L'un des hommes avait ôté sa capuche. Le garde abaissa aussitôt sa lance.

– Oh, c'est vous ! Pardon…

Et il marmonna des excuses que le Renard ne comprit pas.

– Tu es pardonné, répondit l'homme.

Ensuite, tout se passa très vite. Un hoquet de surprise figea le rouquin. Le gardien de la crypte n'avait pas prêté attention au deuxième homme et celui-ci sur un signe de son maître l'avait saisi par le cou et soulevé de terre. Les flambeaux éclairèrent le visage couturé de l'assassin. Maël reconnut « l'écorcheur ». Un redoutable maraud qui travaillait avec les tanneurs et les corroyeurs du quartier de la Rivière et qu'Arastaigne employait parfois à de basses besognes.

Le garde râlait.

2

Bruits sourds, chocs et glissements ramenèrent Maël à la réalité. Les autres avaient disparu dans une des salles souterraines.

Le cadavre du gardien gisait en travers du couloir et le garçon ne pouvait détacher les yeux de son atroce grimace. Un bruit de pas, l'écho des voix, l'écorcheur et son maître revenaient. Il fallait fuir. Était-ce l'horreur de ce qu'il venait de voir ? Maël resta un instant de trop sans réagir et les deux hommes l'aperçurent au moment où il tournait les talons. L'écorcheur poussa un rugissement de colère.

– Tue ! Tue ! ordonna son maître.

Maël jaillit à l'extérieur comme un lapin chassé de son terrier par un furet et se trouva nez à nez avec la patrouille de la prévôté.

Les gens d'armes parurent aussi surpris que lui. Le garçon jeta un regard affolé derrière lui, s'attendant à voir surgir ses poursuivants. Personne. Il hésita.

L'un des soldats, une jeune recrue, s'était approché et lui demandait, goguenard :

– Eh bien, petit, où cours-tu ainsi ? C'est le couvre-feu, tu sais !

– Petit… Petit ! Et puis quoi encore ? Tu veux l'embrasser, dis ? gueula le sergent d'armes qui s'était approché. Qu'est-ce qu'il fait ici, à cette heure, ce larron ? Oh, mais…

Maël recula à la vue de l'officier, maudissant sa déveine. Celui-là était le seul homme dans tout Chartres capable de reconnaître le Renard. Celui qui l'avait surpris chez l'orfèvre à voler des médailles.

– Mais, mais… protesta le jeune soldat.

– Âne bâté, tu ne vois donc pas à qui tu as affaire ? gronda le sergent. Celui-là, c'est le Renard. Le vol chez l'orfèvre, les étals de la rue des Drapiers, la maison du tisserand !

Et le sergent énuméra tous les hauts faits du petit voleur plus un grand nombre qui n'étaient pas de lui. Un des soldats se jeta sur Maël, mais il lui échappa, lui laissant en gage un morceau élimé de sa cotte. Il reprit sa course, s'enfuyant vers le Portail royal.

– Haro ! Haro ! s'écria le sergent. Haro sur le voleur ! Bande d'incapables, vous allez me l'attraper ! Ou, par ma barbe, ce soir, c'est vous que je jetterai dans un cul-de-basse-fosse !

Maël courait, la poitrine en feu. Il entendait les pas lourds des soldats, leurs vociférations, se voyait déjà perdu, emprisonné, condamné au pilori. L'un des gens d'armes, plus rapide que ses compagnons, l'avait rejoint. Au moment où il allait le saisir, le Renard se jeta sur l'Anneau de Salut fixé au mur et s'y accrocha en hurlant de toutes ses forces :

– À moi ! Dieu à l'aide ! Je demande asile.

Mais aucun religieux ne passait par là et nul ne parut l'avoir entendu. Les soldats l'encerclaient.

– On te tient enfin, maraud ! fit le sergent. Prenez-le !

L'un des gens d'armes hésita :

– Mais sergent… L'Anneau de Salut…

– Quoi, l'Anneau de Salut ? Quel Anneau de Salut ? gueula l'officier, furieux. On l'embarque !

– À l'aide ! hurla Maël de plus belle. Que Dieu m'aide. Je demande asile.

L'un des soldats le saisit par les jambes, le tirant violemment, un autre essaya de détacher ses doigts crispés autour du lourd cercle de métal.

– Lâchez-le ! ordonna une voix grave.

Le sergent se retourna pour faire face au nouveau venu. Les soldats lâchèrent l'enfant et reculèrent d'un pas.

Un chevalier mince et de haute taille, ses cheveux blancs taillés très court encadrant un visage sévère, se tenait devant eux. Son bliaud pourpre laissait voir le scintillement métallique d'une cotte de mailles. Il portait dans le dos un écu de gueule chargé d'une étoile de sable. Une longue balafre, marque d'une ancienne et terrible blessure, traversait son front. On sentait à son regard d'un bleu dur et à la façon négligente dont sa paume reposait sur la garde de son épée qu'il ne ferait pas bon l'affronter.

– Lâchez-le ! répéta-t-il sèchement. Aurait-on oublié, ici, à Chartres, le rôle sacré de l'Anneau ?

– Ce sont nos affaires, messire ! grommela le sergent. Et celui-là n'est qu'un voleur…

– Peu importe qui il est, sergent ! Voleur ou assassin, maraud, riche bourgeois ou pauvre hère, il a demandé asile à Dieu et du moment où il a saisi cet Anneau, Sa protection lui est accordée.

– Dieu lui-même n'en voudrait pas ! protesta le sergent.

Maël restait cramponné à l'Anneau, priant que l'inconnu arrive à le tirer de ce mauvais pas.

– C'est à Dieu d'en juger et à LUI seul. Et je ne crois pas que votre évêque apprécierait de voir bafouée une coutume aussi sacrée.

– Qui êtes-vous pour savoir ce qui plairait ou déplairait à notre évêque ? grommela l'homme d'armes que la calme assurance de son vis-à-vis mettait mal à l'aise.

– Chevalier Galeran de Lesneven, sergent. Hôte et ami de votre évêque Jehan de Salisbury.

Le sergent jura et, la mine mauvaise, se pencha vers le Renard :

– Profite bien de ta chance, petit drôle. Il n'y aura pas toujours d'Anneau de Salut ni de chevalier entre toi et moi. Si je te retrouve sur mon chemin…

Il fit un geste éloquent et, enfin, ordonna à ses hommes :

– En avant !

Le chevalier attendit que la patrouille ait disparu puis il se tourna vers le garçon, un sourire adoucissant la rudesse de ses traits.

– Eh bien, je crois que tu peux lâcher l'Anneau !

Maël obéit et se retrouva, vacillant, sur ses jambes.

– Merci… messire, bredouilla-t-il. Vous m'avez sauvé.

– Non, c'est l'Anneau qui t'a sauvé. J'aurais eu plus de mal à te sortir des mains des hommes du prévôt si tu ne l'avais saisi. Mais tu n'as pas l'air bien en forme, dis-moi ?

Le chevalier s'était approché, détaillant la maigreur, les vêtements déchirés, les pieds nus bleuis par le froid et couverts d'écorchures.

– Quel est ton nom ?

– Le… Le Renard, messire.

– Et à en croire ce sergent, tu es voleur de ton état ?

– Euh, oui…

Devant le regard clair de celui-là, Maël se sentit gêné. Il essaya de justifier son commerce en ajoutant avec une mimique d'excuse :

– Seulement pour me nourrir, messire, et encore…

– En effet, à voir tes côtes saillantes et l'état de tes pieds, ton métier ne te rapporte guère, remarqua le chevalier. Peut-être faudrait-il songer à en changer ? Depuis combien de temps n'as-tu pas mangé ?

– Depuis... Depuis deux jours, messire.

Était-ce le contrecoup de tant d'émotions ? En disant ces mots, Maël sentit que ses forces l'abandonnaient. Et puis, il y avait les autres, les assassins, qui pouvaient surgir à tout moment. C'était trop pour lui, un gémissement lui échappa :

– Aidez-moi, messire ! souffla-t-il.

– Tu n'as pas besoin de me le demander. Je connais un endroit où tu seras en sécurité pour la nuit et où tu pourras refaire tes forces. Tiendras-tu sur tes jambes ou faut-il que je t'aide ?

– Non, ça ira, messire.

– Tu connais l'hôpital des Saints-Lieux-Forts ?

– C'est sous terre, n'est-ce pas ?

– Allez, viens ! Assez perdu de temps et puis, on ne sait jamais, ce sergent pourrait changer d'avis. Il n'a pas l'air de te porter dans son cœur.

Maël remarqua que le chevalier semblait connaître la cathédrale mieux qu'un chanoine de Notre-Dame et en posséder toutes les clés. Il ouvrit une poterne, descendit par une volée de marches dans les profondeurs souterraines, l'entraînant à sa suite. Le garçon regardait tantôt le dallage sous ses pieds tantôt la voûte au-dessus de lui. Ils marchaient depuis un moment le long d'un étroit corridor éclairé par des flambeaux quand une femme vêtue d'un surcot de toile blanche se dressa devant eux.

Si elle n'avait parlé, le Renard l'aurait prise pour quelque apparition, mais elle demanda d'une voix douce :

– Puis-je vous aider, messire ?

Et se figea, devenant aussi pâle que le lin de sa tunique.

– Vous !... Vous... bégayait-elle en fixant le chevalier. Vous ici, messire de Lesneven !

– Oui, moi, Éloïse *.

La voix du chevalier était rauque, elle aussi. Le temps passa, ils ne bougeaient pas plus l'un que l'autre. Maël songea que ce n'étaient pas là retrouvailles d'amoureux, ils se seraient jetés dans les bras l'un de l'autre, se seraient embrassés, au lieu de ça, ils se regardaient sans broncher.

* Voir *Bleu sang*, éd. Le Masque-Hachette (coll. Labyrinthes).

Un frisson arrêta le cours de ses pensées. Le froid remontait de ses pieds nus à tout son corps. Il se sentait fatigué, si fatigué que malgré lui, ses paupières se fermèrent. Pour un peu, il aurait dormi debout. Il se pinça l'avant-bras et se força à lever la tête vers le chevalier. Allait-il rester planté là toute la nuit ? Il soupira, essayant d'attirer son attention.

L'avait-elle entendu ? La femme sortit brusquement de sa contemplation et balbutia :

– Cela fait si longtemps, pardonnez-moi.

– Plus de trente ans… et tu n'étais qu'une pucelle.

– Je suis maintenant femme, et dame de ces lieux. En quoi puis-je vous aider, messire ?

– Je sais qu'il n'y a plus de place à l'auberge où je loge. Ce garçon a demandé asile à Dieu et je voulais te le confier pour la nuit. Il a froid et faim.

La femme se reprit. Des couleurs étaient revenues à ses joues.

– Vous pouvez compter sur moi, chevalier. Suivez-moi.

Elle s'était tournée pour ouvrir une porte basse derrière elle. Le chevalier poussa Maël qui ouvrit de grands yeux en apercevant la salle dans laquelle ils pénétraient.

Un doux bruit d'eau lui parvenait, des lampes à huile éclairaient des parois rehaussées de poudre d'or et de motifs de couleur. Ils étaient dans la grotte qui abritait le puits des Saints-Forts, la source sacrée qui jaillissait sous la cathédrale. La statue de la Vierge noire tenant son enfant devant elle se dressait près du bassin rectangulaire où clapotait une eau sombre.

L'eau sacrée ! Celle qui guérissait ! Maël en avait entendu parler. Il avait croisé les pèlerins et les infirmes venus de fort loin pour se faire soigner dans ce que les Chartrains appelaient avec respect l'Hôpital. Séparé de la grotte par de simples balustres de bois, c'était un dortoir pouvant accueillir une vingtaine de malades pour un séjour dans l'église souterraine.

Éloïse les entraîna plus avant vers une petite pièce où brûlait un bon feu. Salle de repos et de réunion des dames des Saints-Lieux-Forts, c'était aussi là qu'elles réchauffaient la soupe préparée dans une auberge voisine. Éloïse poussa le garçon qui hésitait sur le seuil, intimidé.

– Entre, petit, et assieds-toi !

Quelques instants plus tard, oubliant le

froid et son envie de dormir, Maël dévorait avec avidité un reste de soupe au lard et aux oignons et de larges tranches de pain. Le chevalier s'assit à ses côtés puis, au bout d'un moment, se pencha pour lui demander :

– Tu sembles craindre quelque chose ou quelqu'un et, si je ne me trompe, ce ne sont pas les gens d'armes. Veux-tu m'en parler ?

Maël leva le nez de sa soupe, se troubla devant le regard pâle qui fouillait le sien, mais fit un signe négatif.

– Peu importe, fit le chevalier. Tu es en sécurité. Personne n'aura idée de venir te chercher ici. Mange, dors, reprends des forces. On verra tout ça demain.

Maël bredouilla :

– Merci, messire.

– Ne me remercie pas. Éloïse, je peux te parler ?

Le chevalier sortit sur le seuil et glissa une bourse dans la main de la femme.

– Prends soin de lui.

Elle rougit.

– Je n'ai pas besoin d'argent pour cela, messire.

– Pas de messire, Éloïse. Pour toi je serai toujours Galeran. Sais-tu que ce petit drôle me rappelle ton jeune frère, Benoît ? Dis-moi, après le drame que tu as vécu, pourquoi n'as-tu pas quitté Chartres ?

– Vous n'avez pas oublié ma sœur, n'est-ce pas ?

Le visage du chevalier s'assombrit. De tristes images passaient devant ses yeux. Des images d'amour et de mort. Il avait aimé Ausanne, la sœur d'Éloïse, d'un amour sans espoir. Elle était morte de terrible façon. Il répondit d'une voix moins ferme qu'il n'aurait voulu.

– Non, Éloïse.

– Et moi, je ne voulais ni quitter Chartres ni oublier ce qui s'était passé. Après la mort d'Ausanne, mes parents avaient encore davantage besoin de moi. Et puis, le tissage était ma vie. Enfin, Benoît est revenu de Galice. Vous vous rappelez ? Il voulait être chevalier. Il s'est battu aux côtés de l'ordre de Calatrava contre les Infidèles et quand il a repris l'atelier de tissage, je me suis dévouée aux Saints-Lieux-Forts.

Le chevalier soupira puis, désignant le garçon qui léchait les dernières gouttes de sa soupe :

– Trouve-lui des vêtements chauds et des souliers. Je reviendrai demain pour lui parler.

Le chevalier serra Éloïse dans ses bras, fit un signe d'adieu à l'enfant et s'éloigna. Le

Renard se leva, fixant la haute silhouette qui s'enfonçait dans la pénombre.

– Ça va aller, le rassura la dame. Tu as fini, n'est-ce pas ? Viens, je vais te montrer ta couche.

La faible lueur des lampes à huile posées dans des niches murales ne suffisait pas à dissiper les ténèbres environnantes. Une odeur de salpêtre et de terre ramena les pensées de Maël vers le cimetière… et Arastaigne.

– C'est là que tu vas dormir, fit Éloïse en lui désignant l'une des paillasses.

– Y a personne d'autre que nous ?

– Si, fit-elle en lui désignant des alcôves fermées par des rideaux, mais il est vrai que nous avons plus de monde au moment du pèlerinage de Saint-Jacques-de-Compostelle ou de celui à la Vierge.

– Qui dort là-dedans ?

– Un mourant et une pauvre vieille qui ne vaut guère mieux. Ne t'inquiète donc pas. Assieds-toi là, je reviens.

Quelques instants plus tard, Éloïse était à nouveau près de lui avec une bassine, un savon de saponaire et un linge. Elle saisit ses pieds meurtris et glacés.

– Mais qu'est-ce que vous faites ? s'écria-t-il. Vous allez pas me laver tout de même !

– Ah, mais si !

– J'aime pas l'eau ! fit-il dans une dernière tentative pour échapper à la poigne ferme qui le maintenait.

– Tu as vu dans quel état tu es ? rétorqua Éloïse. Hors de question que tu ailles au lit avec des pieds pareils et tu as de la chance que je ne te lave pas en entier.

Il était trop faible pour se débattre ou s'enfuir. Gêné, puis troublé par le contact des mains qui le savonnaient et le rinçaient, il finit par s'abandonner. Jamais de sa vie personne ne l'avait touché sauf pour le frapper ! Il se détendit peu à peu et, quand Éloïse ouvrit largement le lit pour y glisser ses jambes, il souriait béatement.

– Tu vois que ce n'était pas si terrible ! Dors maintenant. Demain, je te conduirai aux étuves. Et je te trouverai des habits neufs et des souliers.

Maël remuait avec volupté ses doigts de pied sous les draps propres. Une douce torpeur l'envahissait. Pourtant il demanda d'une voix endormie :

– Je vais rester ici pendant neuf jours comme les gens qui viennent vous demander asile ?

– Tu n'es ni malade ni infirme, mais tu peux rester si tu le désires, à voir comme tu es maigre, cela ne te ferait pas de mal. Comment t'appelles-tu ?

– Le Ren…

Il eut honte soudain de son surnom de voleur.

– Maël, ma dame.

– C'est un joli nom. Moi, c'est Éloïse, dors maintenant.

Il ferma docilement les yeux, s'emmitouflant dans sa couverture, puis les rouvrit d'un coup.

Il lui semblait avoir entendu un glissement furtif. Il se redressa sur un coude. Tout était noir, l'un des mourants haletait. Des ombres s'amassaient.

Et si les assassins étaient là ? L'écorcheur l'avait-il reconnu ? Il fallait qu'il retourne près d'Arastaigne.

Il fixa avec angoisse les tentures qui s'agitaient mollement. Les flammes des lampes à huile grésillaient, prêtes à s'éteindre. Même le bruit de la source devenait inquiétant. Et si quelque sombre créature des ténèbres jaillissait de cette eau noire ? Si les martyrs jetés dans le puits par les Romains surgissaient soudain pour l'entraîner avec eux dans les ténèbres ?

Des pas retentirent soudain, amplifiés par

l'écho. Il se cacha sous les couvertures, se recroquevillant sur lui-même, la chair hérissée. Soudain une main tira les draps. Il allait hurler quand une voix féminine demanda :

– Ça ne va pas ? Maël, c'est moi !

Éloïse s'était assise à ses côtés.

– Euh, si, tout va bien, répondit-il d'une voix tremblante en sortant la tête des couvertures.

– On ne dirait pas. De quoi as-tu peur ? Tu ne crains rien ici, tu sais.

– Vous le connaissez bien, le chevalier ?

Un sourire éclaira le visage de la dame, plissant ses yeux en amande. Le voile qui recouvrait ses cheveux avait glissé, laissant apparaître une opulente tresse rousse. Maël la regarda plus attentivement, se surprenant à penser qu'elle avait dû être très belle.

– Oh oui, fit-elle. J'étais encore bien jeune…

Elle parut se plonger dans ses souvenirs et c'est d'une voix grave qu'elle ajouta :

– Il m'a sauvé la vie à moi et à mon frère quand j'avais seize ans. Affrontant à lui seul la foule qui voulait nous lapider. Tu peux lui faire toute confiance, tu sais.

– Vous lapider ! répéta le rouquin.

Une fois, il avait vu les gens de la rivière jeter des pierres à un pauvre hère qui avait pour seul défaut la difformité de ses membres et les grimaces de son visage. Alors imaginer que cette femme si douce aurait pu subir le même sort !

– Tu es bien trop jeune pour avoir entendu parler de cela. Dors maintenant. Tu es tout pâle.

Maël s'entortilla dans ses couvertures et baissa les paupières.

À l'aube, quand Éloïse revint, accompagnant le chevalier, elle ne put s'empêcher de pousser un soupir de déception en voyant la couche vide.

– L'oiseau s'est envolé, remarqua Galeran qui ne sembla pas surpris.

– Je n'ai même pas pu changer ses habits ni lui donner des chaussures, je comptais le faire ce matin. Hier, il était si fatigué que je n'ai eu le cœur que de lui laver les pieds avant de le coucher. Visiblement, quelque chose l'effrayait.

– Garde la bourse pour d'autres miséreux, ou pour lui, s'il revient.

– Une amie va bientôt venir me remplacer. Je vais voir Benoît. Voulez-vous m'accompagner à l'atelier de tissage, rue du Soleil-d'Or ? Mon frère serait si heureux…

– Une autre fois, Éloïse. Le prévôt m'a fait mander chez lui et il semble pressé. Une autre fois. Je te promets.

3

Ce matin-là, en traversant la ville, le chevalier avait remarqué une agitation inhabituelle. Les Chartrains s'attroupaient aux coins des rues et sur les placettes et causaient avec animation, se taisant à son approche. En sortant de l'hôpital souterrain, il entendit à plusieurs reprises prononcer le nom de son ami Jehan de Salisbury. Malgré une nomination approuvée par le roi Louis VII, le nouvel évêque avait du mal à se faire accepter.

Tout en marchant d'un bon pas vers la prévôté, Galeran songea que Chartres était une des rares villes où le pouvoir de l'évêque se heurtait avec autant de violence à celui de la noblesse. Il se souvenait du récit qu'on lui avait fait du pillage du palais épiscopal par le comte Thibaud IV, le père de l'actuel comte, à la mort de l'évêque Yves en 1106. L'évêché était puissant, trop sans doute, et il possédait la plupart des terres ; l'actuel comte de Chartres, Thibaud V, surtout depuis qu'il avait perdu la Champagne, n'avait guère plus que son château comtal et son titre en apanage.

L'élection de Salisbury, pourtant effectuée dans les règles, avait déplu à tous, en premier lieu au comte Thibaud V mais aussi aux membres du clergé, aux notables, et même aux Chartrains, qui auraient préféré un évêque de leur région plutôt qu'un étranger, encore moins un Anglais même s'il était l'ami de Thomas Becket et avait étudié en France avec Abélard.

Mais son origine anglaise et les rivalités qu'avait exacerbées son élection suffisaient-elles à expliquer la tension qui régnait dans la ville ? N'y avait-il pas autre chose ? Quelque chose de plus grave encore que les gens se confiaient en murmurant ?

Le chevalier arriva bientôt à la prévôté. Longue et basse, c'était une des rares maisons de pierre de la ville haute. Séparée du palais comtal par la largeur d'une rue, elle était munie de meurtrières et un lourd portail de chêne en barrait l'entrée. Les soldats écartèrent leurs lances quand il se nomma et un homme d'armes le conduisit auprès du prévôt.

On l'introduisit dans une pièce étroite où un homme trapu aux cheveux gris et rares tisonnait un feu produisant plus de fumée que de chaleur.

– Vous voilà enfin ! Entrez, entrez, chevalier. Je suis le prévôt Clément.

– Je vois qu'il n'est pas nécessaire que je me présente.

– Votre renommée vous a précédé, messire. Voyez, rien n'a changé depuis mon prédécesseur, la cheminée tire toujours aussi mal.

Puis, sur le ton de la confidence :

– Vous jouissez de nombreuses protections parmi les puissants.

Galeran s'assit sur la chaise que lui désignait le prévôt qui prit place sans façon en face de lui.

– Pourquoi m'avez-vous fait mander ? demanda le chevalier.

– Pour comprendre pourquoi vous protégez un voleur et un assassin.

Le visage de Galeran s'assombrit :

– L'accusation est grave, sire prévôt. Expliquez-vous !

– Où étiez-vous hier au soir ?

– Chez Jehan de Salisbury, votre évêque,

ensuite, je suis rentré dormir à l'auberge du Rovin Vignon. Est-ce que par hasard vous ne voudriez pas m'entretenir de l'algarade que j'ai eue avec l'un de vos sergents ?

– Vous l'avez empêché de se saisir d'un voleur.

– Votre voleur avait saisi l'Anneau de Salut, messire prévôt.

Mal à l'aise, le vieux soldat grommela.

– Et je suis intervenu, poursuivit le chevalier, pour demander à vos hommes de respecter la coutume sacrée.

– Ce que vous ne savez pas, messire, c'est qu'en le protégeant vous vous êtes rendu complice d'un meurtre et d'un sacrilège.

Galeran se leva.

– Je ne goûte guère votre hospitalité, sire prévôt, ni vos accusations.

Le vieux soldat sentit qu'il était allé trop loin. La justice, du fait de la rivalité entre l'évêché et le comte, n'était pas chose facile à exercer à Chartres. Suivant l'endroit où l'on avait trouvé le corps, l'identité du mort… Bientôt il lui faudrait réunir le ban, cette assemblée de justice où se retrouvaient côte à côte nobles, religieux et notables.

Clément était un homme du comte, mais il avait tout intérêt à entretenir de bonnes relations avec l'évêché. Et si celui-là était l'ami du nouvel évêque…

Il se dressa à son tour.

– Pardonnez-moi, messire. Mais depuis hier, mes hommes et moi avons fort à faire. Si j'étais mieux secondé… Tout d'abord, il y a eu la mort de frère Eustache…

– Le portier de la cathédrale ?

– Vous le connaissiez ?

– Le maître d'œuvre me l'a présenté. Comment est-il mort ?

– Plusieurs coups de couteau. On a retrouvé son corps dans la rivière, la corde qu'on lui avait glissée au col pour le lester de pierres s'est dénouée.

– Continuez, sire prévôt, je ne pense pas que c'est de ce meurtre-là dont vous m'accusiez d'être le complice.

– Je ne voulais pas vraiment dire cela, protesta le soldat. Mais oui, vous avez raison, c'est rapport à hier au soir, en vous quittant, la patrouille s'est aperçue que la porte du Trésor était ouverte. Ils ont trouvé le gardien mort, la Sainte Châsse fracturée et le Voile disparu. Vous n'ignorez pas que nous attendons le comte Thibaud qui nous revient de Dreu et qu'une procession se prépare…

Galeran fronça les sourcils. D'origine

orientale, le Voile, offert trois siècles auparavant par Charles le Chauve, n'était pas une simple relique. Pour les Chartrains, c'était la Tunique de la Vierge et le centre d'un pèlerinage illustre.

Enfermé dans une châsse ouvragée fabriquée par l'architecte et orfèvre Teudon au Xe siècle, le Voile était promené dans les rues lors des grandes fêtes, mais aussi à chaque épidémie, famine, incendie, Chartres appelait sa sainte patronne à l'aide.

Sa disparition risquait de provoquer de terribles émeutes et de mettre en danger celui qui devait en répondre devant tous : le nouvel évêque, Jehan de Salisbury. Perdre la Tunique, c'était perdre la protection de la Vierge. Galeran imaginait très bien quel sort la foule réserverait à l'évêque. Ce serait la curée.

– Je vous confie ceci sous le sceau du secret, bien sûr, nul ne doit savoir, reprit le prévôt.

Le chevalier faillit répliquer que le secret n'en était plus un et qu'à son avis, il avait déjà fait le tour de la ville. Au lieu de cela, il demanda :

– Pourquoi accusez-vous le Renard ?

– Il sortait de la crypte au moment où mes hommes l'ont repéré ! On le poursuit en vain depuis bientôt deux ans. Il est rusé et la liste de ses vols est longue.

– A-t-il déjà tué ?

– Non.

– Du vol au meurtre, vous le savez, le pas est large. Comment votre garde est-il mort ?

– Étranglé.

Un sourire étira les lèvres minces du chevalier.

– Sire prévôt, avez-vous vu le Renard ?

– Non. Peu de gens l'ont vu d'ailleurs. C'est une vraie légende chez nous. Mais il laisse toujours sa marque sur les lieux du crime. Tenez.

Le prévôt avait sorti de sa bourse une touffe de poils maintenue par un lien qu'il jeta sur la table.

– Il n'y a que mon sergent qui puisse le reconnaître.

– Quelle est la description que votre officier vous en a faite ?

– À dire le vrai, il ne me l'a jamais décrit. Mais entre le récit de ses exploits et les lamentations de ses victimes je me suis fait l'image d'un homme…

– Si nous parlons du même Renard, le mien ne m'arrive qu'à mi-poitrine, sire prévôt, et s'il voulait vous étrangler, il lui faudrait un tabouret !

– Vous plaisantez ?

– Pas du tout. Il serait incapable d'étrangler autre chose qu'un poulet et il a tout au plus treize ans. Qu'il soit agile, je n'en doute pas, et rapide aussi, mais je le vois mal tuer qui que ce soit. Quant à voler le Voile, qu'en ferait-il ? Et puis, il n'avait rien sur lui quand je l'ai trouvé.

Le prévôt se renfrogna.

– Qui alors ? Et pourquoi ?

– Puis-je vous proposer mon aide ? Le comte Thibaud V ne saurait tarder, l'évêque est en difficulté. Unissons nos forces pour éclaircir tout cela.

Le vieux soldat regarda son vis-à-vis puis se leva et se remit à marcher de long en large avant de marmonner :

– J'accepte.

Alors que le chevalier s'entretenait avec le prévôt, le Renard, quant à lui, se morfondait, caché sous les buissons près de la maison de son maître.

Arrivé aux premières lueurs de l'aube, il avait failli frapper à la porte d'Arastaigne, mais l'écho d'une autre voix l'en avait dissuadé.

– Il vous faudra… disait l'inconnu.

Le reste avait été couvert par un bruit de chaises.

– Tout est bien, avait répondu la voix d'Arastaigne. Je vous aiderai à…

Les autres mots s'étaient perdus.

Maël avait battu en retraite et s'était dissimulé, regrettant la chaleur du lit de l'hôpital.

Il somnolait à moitié quand, enfin, la porte s'ouvrit et qu'en sortit une large et haute silhouette en laquelle il reconnut l'écorcheur ! Le garçon s'aplatit sur le sol. L'autre passa devant lui sans le voir et quitta l'enclos.

– Les gens d'armes, les assassins, et maintenant Arastaigne, marmonna le rouquin en claquant des dents. Que va devenir Maël si tout Chartres lui court après ? T'as pas peur ! T'as pas peur !

Quelques instants plus tard, il se mêlait à la foule qui, en ce jour de marché, remplissait les rues. Maël connaissait une cache dans un grenier de la rue au Lait et il y filait tout droit quand une lourde main s'abattit sur son épaule, lui faisant cogner le cœur. La voix grave du chevalier le dissuada de se débattre.

– Tu n'as guère la conscience tranquille, on dirait.

Il se raidit, sentant le regard des passants se poser sur lui.

– Qui donc croyais-tu que c'était ?

– Je... bafouilla le rouquin que la stature du chevalier rassurait autant qu'elle l'impressionnait.

– Nous avons à parler.

– Maël le croit aussi, admit le garçon.

Le chevalier fronça les sourcils.

– Maël ? Qui est Maël ?

– C'est moi ! répondit l'autre en se désignant. Enfin... c'est le prénom que j'ai volé à un garçon qui vit rue de la Bretonnière.

– Explique-toi.

– J'ai jamais connu mes parents et les gens me traitaient de noms d'oiseaux. Et puis un jour, rue de la Bretonnière, la porte d'une belle maison était ouverte, un feu brûlait dans la cheminée et j'ai entendu une mère appeler son fils. Je me suis dit que si je volais le nom de celui-là, il avait tant d'autres choses qu'il ne s'en apercevrait même pas... Maintenant, c'est mon nom.

– Tu as bien choisi... Et tu te parles à toi-même pour te donner du courage. Cela m'arrive à moi aussi.

– À vous ? Un chevalier ?

– Ce n'est pas parce qu'on est chevalier qu'on ne connaît pas la peur. Viens, je vais te mener en un endroit où nul n'aura idée d'aller te chercher.

Et Maël se retrouva dans une des pièces de l'évêché que Salisbury mettait à la disposition de Galeran. Petite salle de travail aux murs passés à la chaux, elle n'avait pour tous meubles que deux bancs et une table à tréteaux sur laquelle reposaient d'énormes livres recouverts de parements de métal et des pots de terre emplis de feuilles de vélin roulées. L'évêque y retrouvait parfois son ami et tous deux parlaient politique ou arts libéraux, tout en examinant les manuscrits venus du scriptorium de Chartres.

Une fois le rouquin assis, Galeran prit place en face de lui.

– Si nous revenions à ce qui t'effrayait, à ce qui a fait que tu t'es enfui de Notre-Dame-sous-Terre. Que s'est-il passé la nuit où je t'ai trouvé ?

– Ben…

La voix du chevalier se fit sévère :

– Écoute, je n'ai pas de temps à perdre et toi non plus. Tu as le prévôt aux trousses et je pense qu'il n'est pas le seul, d'autres te font davantage peur que lui. Alors ou tu m'aides ou bien tu peux t'en aller.

– Comment vous savez pour les autres ?

fit Maël. Vous lisez dans ma tête comme dans les livres qu'il y a sur cette table !

– Raconte-moi.

– C'est que je sais pas bien par où commencer…

Le rouquin hésitait, puis, d'un coup il se mit à parler comme on se jette à l'eau : Arastaigne, les deux hommes, celui qu'on avait jeté dans la rivière, le gardien étranglé, sa fuite.

– Connaissais-tu ces hommes ?

– L'un d'eux, celui qui commandait, n'a pas quitté sa capuche. L'autre, celui qu'a tué, c'est l'écorcheur. Y travaille dans les tanneries et aussi pour Arastaigne.

L'enfant raconta comment il avait vu l'assassin sortir de chez son maître le matin même.

– Qui est cet Arastaigne ?

– Y m'a ramassé dans un fossé et sauvé des fièvres, lança le garçon dans un dernier sursaut de fidélité.

– Mais encore… C'est lui qui t'a appris à voler, n'est-ce pas ?

– Euh, oui.

– Le prévôt m'a dit que tu avais commis bien des vols.

– Ben, à vrai dire, la plupart du temps,

c'était Arastaigne qui volait. C'est lui le vrai Renard. Lui qui a eu l'idée de la touffe de poils. Mais à nous deux, c'est vrai qu'on réussissait bien à…

Le rouquin s'excitait, heureux de trouver enfin quelqu'un à qui conter ses exploits.

– À voler. Oui, poursuivit froidement le chevalier. J'ai compris. Et cela pourrait te conduire droit au cachot.

Maël baissa la voix et reprit, avec un soudain accès de modestie :

– Enfin, moi, je vole juste quand y faut passer par un soupirail, une cheminée… Quand y faut être petit et maigre.

– Et cette nuit, que faisais-tu ?

– Je… Arastaigne ne donne jamais rien contre rien, si je voulais dormir et manger un peu, y fallait que je rapporte quelque chose et avec les pluies, j'ai rien trouvé. (Une soudaine inquiétude passa dans ses yeux.) Vous me croyez, n'est-ce pas ?

Le chevalier ne répondit pas. Il avait l'air préoccupé, essayant de démêler les fils embrouillés de l'assassinat du portier, de celui du gardien, du vol du Voile. Et puis, que venait faire là-dedans cet Arastaigne ? Simple voleur ou redoutable maraud ?

– Veux-tu m'aider ? finit-il par dire.

Le garçon hocha la tête.

– Penses-tu que l'écorcheur t'ait reconnu ?

– Oh oui, et c'est pas bon, ça.

– C'est parfait, au contraire. Tu me serviras d'appât.

Maël avala sa salive. Le mot appât lui évoquait les petits poissons qu'il attachait vivants à l'hameçon pour attraper les brochets… En général, il n'en restait rien !

4

Maël et le chevalier n'avaient pas fini de mettre au point leur plan qu'on frappait des coups pressés sur la porte.

– Chevalier, vous êtes là ?

Galeran fit signe à Maël de se cacher et ouvrit. Sur le seuil se tenait frère Ysambar, le secrétaire particulier de Jehan de Salisbury.

– J'espérais bien vous trouver ici, messire. Notre évêque vous fait mander de toute urgence. On a volé le Voile !

– J'arrive, fit Galeran en sortant et en fermant à clé derrière lui.

Comme Ysambar avait l'air surpris, il ajouta :

– Cela m'évitera de ranger. Quelques manuscrits précieux prêtés par votre scriptorium.

Le religieux hocha la tête et fit signe au chevalier de le suivre. Les pas des deux hommes s'éloignèrent. Maël se laissa à nouveau tomber sur le banc, réfléchissant à la proposition de Galeran.

Tout en marchant, Ysambar expliquait le vol de la Tunique.

– Jusqu'ici nous avons réussi à étouffer l'affaire mais si cela venait à se savoir…

Le souffle court, il avançait en faisant de grands moulinets de ses mains longues et blanches. Pressé d'expliquer la situation et les dangers que courait Salisbury.

Courtois, cultivé, d'excellente famille, Ysambar était proche parent de la comtesse Alix, la femme de Thibaud V. Il avait été l'un des favoris au poste d'évêque avant la nomination de l'Anglais. Mais alors que tant d'autres avaient mal pris la nomination de Salisbury, le religieux, au contraire, avait clamé haut et fort son admiration pour celui qui avait écrit des textes si essentiels, lui proposant de devenir son secrétaire, ce que Salisbury avait accepté avec reconnaissance.

– Monseigneur vous attend dans la salle du chapitre.

Ysambar frappa deux coups discrets et s'effaça pour laisser entrer le chevalier.

Jehan de Salisbury faisait les cent pas. C'était un vieillard sec à l'abondante chevelure blanche et au visage d'ascète. Une simple croix de bois ornait le devant de la lourde chasuble de toile grise qu'il portait quand il n'était pas en représentation. Son visage s'éclaira à la vue de Galeran. Le chevalier s'inclina devant lui.

– Relevez-vous, mon ami, fit l'évêque. Ysambar, laissez-nous seuls, voulez-vous ?

Le secrétaire s'inclina et sortit. L'évêque s'était assis sur un des bancs et son regard était las.

– Ah ! Mon ami ! Je ne pensais pas que Dieu m'enverrait une si rude épreuve. L'émeute gronde déjà. Si je ne présente le Voile à la procession cet après-midi, que se passera-t-il ?

– Mais vous allez le présenter, monseigneur, rétorqua Galeran.

– Que voulez-vous dire ?

– Nous avons de bons orfèvres et, d'après le récit de votre secrétaire, la Sainte Châsse n'est guère abîmée.

– C'est exact, mais je ne comprends pas. Où voulez-vous en venir ?

Le chevalier lui murmura quelques mots à l'oreille.

– C'est impossible ! se récria l'évêque. C'est

une supercherie à laquelle je ne me prêterai jamais !

– Je ne vous le proposerais pas, monseigneur, si ce n'était le seul moyen d'empêcher d'autres meurtres.

– Que voulez-vous dire ?

– Je suis sûr que la mort du portier est liée à celle du gardien et, à mon sens, ce n'est que la partie visible d'une conjuration dont le but est de vous destituer, ou pire.

– Une conjuration...

– Oui, monseigneur. Il nous faut découvrir qui en est le chef. Si nous n'agissons vite, le sang coulera encore, croyez-moi.

Le vieil homme se redressa.

– Vous êtes un homme habile, Galeran, trop parfois. Je vous écoute.

Le chevalier se pencha pour exposer son plan.

Maël commençait à penser que le chevalier l'avait oublié quand celui-ci revint.

– Il va nous falloir partir, fit ce dernier. As-tu réfléchi ?

– Je veux bien vous aider, messire, mais qu'est-ce que j'y gagne ? Si ce n'est d'aller au ciel plus tôt et en petits morceaux.

– Il ne t'arrivera rien, je t'en fais serment. Mais que veux-tu ? De l'argent ?

– Oh non ! protesta le Renard. L'argent, ça passe, c'est comme l'eau des rivières. Que voulez-vous que j'en fasse ? Non, si je sors vivant de tout ça, j'aimerais bien un toit... et manger chaque jour tout mon soûl.

Le ventre de l'enfant émit un gargouillis sonore. Maël prit un air désolé et ajouta :

– J'ai toujours faim. Je ne me souviens pas d'un seul jour où j'ai pas eu faim.

Le chevalier attrapa sa sacoche et en sortit un paquet enveloppé d'un linge.

– Prends, c'est pour toi, fit-il d'un ton bourru. Et ne t'inquiète pas, tu n'auras pas à te repentir de m'avoir aidé.

Maël défit le tissu et sortit un appétissant morceau de jambon, du pain et du fromage de chèvre.

– C'est tout pour moi ? hésita-t-il.

– Mange ! ordonna le chevalier.

Quelques instants plus tard, le ventre plein et d'humeur joyeuse malgré le danger, Maël descendait vers la rivière. Enveloppé d'un mantel brun, Galeran le suivait à distance, amusé de voir le rouquin siffler à tue-tête et sautiller d'un pied sur l'autre comme seuls savent le faire les enfants.

Le garçon arriva enfin au bord de l'Eure

et s'arrêta. Il entrait dans le quartier de la Rivière : le domaine des teinturiers, des tanneurs et des corroyeurs. Des ruelles étroites et sombres, des cabanes, des entrepôts, des cuves immenses d'où s'échappaient des odeurs pestilentielles et partout une boue qui collait aux chausses. Maël regarda derrière lui, cherchant en vain le chevalier, et repartit en sifflant moins fort.

Il pénétra dans la première tannerie et se pinça le nez en passant à côté des cuves emplies d'excréments de chiens où marinaient des peaux.

– T'as la narine fragile, mon gars, le moqua un vieux qui poussait un charroi rempli de crottes.

– Ben, c'est pas vraiment que ça sent l'églantine ! protesta Maël. Pourquoi que vous mettez les peaux là-dedans ?

– Viens donc que je t'y jette ! gueula l'autre. Ça te décollera les poils de la couenne !

Craignant que le vieux ne passe à l'acte, Maël partit en courant et heurta un gamin qui arrivait les bras chargés d'écorces de chêne. Il se pencha pour l'aider à ramasser et demanda :

– T'as pas vu l'écorcheur ?

– Des écorcheurs, y en a plein !

– Pas comme le balafré, celui qu'a toujours un crochet à sa ceinture.

– Ah, celui-là ! Ben non, pas aujourd'hui.

– Y travaille ici ?

– Oui, et à l'autre tannerie aussi, près du chêne mort. Mais il est peut-être avec les écharneurs, là-bas.

Maël suivit la direction indiquée par le garçon. Un peu plus loin, des ouvriers remuaient des peaux dans des bacs pour les laver. D'autres s'activaient près des cuves à tan. Le rouquin passait à côté quand un solide gaillard, le torse protégé par un tablier de cuir, l'interpella :

– Qu'est-ce que tu fais là, le drôle ?

– Ben, mon maître, je cherche du travail, répondit-il. Je peux m'occuper de la préparation du tan. J'ai déjà moulu l'écorce de chêne…

– J'ai besoin de personne ici. Va voir du côté des écharneurs.

Le gamin obéit, ses pieds nus pataugeant dans une boue grasse et rouge. Il déboucha dans une autre salle où, assis sur des tabourets, une vingtaine d'hommes ôtaient avec de longs couteaux à écharner les débris de chair qui restaient sur les peaux étalées sur leurs genoux. Son regard parcourut les rudes visages. Toujours aucune trace de l'écorcheur.

De toute façon qu'aurait-il fait s'il l'avait vu ? Aurait-il été capable, comme le lui avait demandé le chevalier, de servir d'appât ?

Il ressortit à l'air libre, cherchant en vain du regard Galeran avant de s'enfoncer plus loin dans les ruelles. Il ne restait plus que la tannerie du chêne mort, ensuite le chevalier le laisserait peut-être aller à l'auberge du Rovin Vignon où il logeait, peut-être même lui offrirait-il un autre repas ?

Pourtant, malgré ces pensées réconfortantes, Maël se sentait inquiet. Était-ce l'odeur ou la vue des cadavres d'animaux qui lui faisaient penser à d'autres cadavres, humains ceux-là ?

Il cessa de siffler, en proie à une sourde angoisse.

– Maël n'a pas peur, murmurait-il en accélérant le pas. Maël n'a pas peur.

Et si l'écorcheur était déjà sur sa piste ? S'il allait le tuer au lieu de le capturer ? Il repartit avec l'impression désagréable d'être suivi. Un fourmillement, annonciateur de dangers, lui courait sur la nuque. Des pas lourds retentirent dans la ruelle. Il se retourna et avala sa salive. Comme dans un cauchemar, l'écorcheur se dressait derrière lui.

Jamais le rouquin n'avait vu de visage aussi couturé et tailladé que celui-là, un mufle de bête avec des yeux injectés de sang et ce crochet souillé qui pendait à sa ceinture…

– Y paraît que tu cherches après moi ? fit l'autre.

Maël secoua la tête, incapable de prononcer un mot puis, oubliant toutes les consignes, s'enfuit en courant, se faufilant de ruelles en venelles jusqu'à être sûr d'avoir semé l'assassin. Il s'arrêta, essoufflé, puis sursauta en entendant un grand bruit. À la recherche d'immondices à dévorer, un cochon déboucha en grognant d'entre deux cabanes, le bousculant au passage.

– Pas peur ! Pas peur !

Il repartit vers la ville haute, les jambes tremblantes, la poitrine en feu. Il escaladait un muret de pierres quand une grosse main le saisit par les braies et le fit tomber.

– Tu croyais m'échapper ? gronda l'écorcheur.

– Non, non, non. Qu'est-ce… Qu'est-ce que vous… vous me voulez ? fit Maël en claquant des dents.

– La vermine, moi, je la coupe en morceaux…

Il effleura tendrement le crochet qu'il portait à la ceinture et sortit son couteau qu'il brandit sous le nez de l'enfant.

– Lève-toi ! Quelqu'un veut te causer, ajouta l'homme.

– C'est pas moi, bredouilla le garçon, c'est pas moi.

– T'as pas bien compris ? fit l'autre en l'attrapant par le col et en le remettant sur pied.

Le gamin ne réussit qu'à hocher la tête. Il vacillait et avait si peur que la nausée lui soulevait le cœur. Comprenant qu'il n'en tirerait rien, l'écorcheur le saisit par un bras et le balança en travers de ses épaules.

5

Pendant ce temps, à l'autre bout de la ville, les sonneries des cors annonçaient l'arrivée du comte Thibaud V de Chartres et de sa femme Alix. Précédé des porte-bannières et des hérauts, le long cortège avait passé la porte Drouaise et, après un détour par les bords de l'Eure pour éviter un convoi de fardiers, remontait par la rue de la Perrée vers le palais comtal.

Monté sur un palefroi blanc, le comte suivi de sa dame sur une haquenée, aussi noire que le cheval de son époux était pâle, saluaient la foule de plus en plus nombreuse. La trentaine de cavaliers aux palefrois richement caparaçonnés, les soldats à pied et les chariots remontaient lentement, précédés par des hommes armés de gourdins chargés d'ouvrir le passage, de force s'il le fallait.

Les cloches de la ville se mirent en branle pour saluer l'arrivée du comte de Chartres. Les notables se regroupaient devant la cathédrale.

À l'évêché, Salisbury revêtait la grande cape orfraisée qui recouvrait ses habits de cérémonie. Dès que le comte serait prêt, la procession portant la Sainte Châsse prendrait le départ.

Le vent sifflait dans les pièces noircies par le feu de la maison en ruine où l'écorcheur l'avait abandonné. Maël n'osait ni bouger ni appeler à l'aide. L'autre avait remonté l'échelle, ne se donnant pas même la peine de refermer la trappe de la cave où il l'avait laissé.

Un rayon de lumière descendait, éclairant le sol de terre battue et la petite silhouette qui se tenait toute raide, scrutant avec angoisse les recoins de ténèbres où couraient des bêtes qu'il ne voyait pas.

– J'savais bien qu'appât, c'était pas une bonne idée !

Quelque chose d'humide lui frôla la cheville et il sursauta.

– J'aime pas les rats. J'aime pas les aragnes. J'aime pas les serpents.

Il se mit à sauter sur place à la fois pour se réchauffer – il faisait humide et froid dans ce réduit – et pour effrayer insectes et bêtes des profondeurs. Mais, épuisé par tant d'émotions, il trébucha et tomba. Ses paupières se fermèrent un instant malgré lui et il les rouvrit très vite en sentant des dents pointues se refermer sur sa cheville. Il se leva d'un bond en hurlant. Les rats s'enfuirent. Maël ramassa un caillou et le lança vers les yeux qui scintillaient dans la pénombre.

– À l'aide ! Je veux sortir !

Il cria et cria encore puis sa voix s'enroua, et il se tut.

Un long moment passa, puis l'échelle glissa vers lui et une silhouette enveloppée d'un mantel descendit, un flambeau à la main.

Maël ne pouvait voir le visage caché par une large capuche. Il avala sa salive et recula dans la pénombre. L'autre avait posé pied à terre et l'observait sans rien dire.

– Avance ! finit-il par ordonner.

C'était la même voix que celle de l'autre nuit, celle qui avait dit : « Tue ! Tue ! » Une voix chargée de menaces qui rappelait à Maël celle d'Arastaigne quand celui-ci allait le frapper. Un frisson remonta jusqu'à sa nuque. Il avança d'un pas, levant instinctivement les bras devant son visage.

– Sais-tu qui je suis ?

– Non, non.

– Mais tu as vu l'écorcheur, n'est-ce pas ?

Silence.

– As-tu parlé à quelqu'un de tout ça ?

Maël avait envie de crier : « Oui, au chevalier, et moi je ne suis qu'un appât. » Au lieu de cela, il essaya de voir comment il pourrait s'enfuir. Il n'y avait pas de bruit là-haut près de la trappe. Sans doute l'écorcheur faisait-il le guet dans la rue ? Il fallait qu'il s'approche de l'échelle et aussi qu'il ait le temps d'y monter sans que l'autre ne le saisisse.

– Réponds ! ordonna l'homme en posant la main sur son épaule. Et tu auras la vie sauve, sinon…

Au contact des doigts glacés à travers sa chainse, le rouquin frissonna.

– J'vous crois pas, fit-il. Vous allez me tuer ou me laisser crever ici avec les rats.

– Tu es un garçon intelligent. Mais il y a tant de façons de mourir, certaines rapides, d'autres lentes. Je répète ma question : As-tu parlé à quelqu'un ?

L'homme baissa la tête et Maël eut soudain peur de voir son visage. Mais il n'aperçut qu'un trou d'ombre où luisaient des yeux pâles comme ceux d'Arastaigne. Et si celui-là était son maître ? Si le meurtrier n'était autre qu'Arastaigne ? À cette pensée, son cœur se glaça.

– J'suis qu'un voleur, balbutia-t-il. À qui voulez-vous que je cause ?

– Bien, fit l'autre en le lâchant. Alors recommande ton âme à…

Maël bondit, se jetant contre les jambes de l'homme qu'il déséquilibra avant de filer vers l'échelle qu'il escalada quatre à quatre. Le pas lourd de l'écorcheur retentit presque aussitôt à l'autre bout de la maison en ruine. L'homme accourait à l'aide de son chef qui, furieux, sortait à son tour de la cave.

Le rouquin fila au hasard à travers les décombres, sautant par-dessus des amas de gravats, passant sous des poutrelles noircies avant d'enjamber l'appui d'une fenêtre… et de se sentir happé par sa chainse.

– C'est moi ! le rassura la voix de Galeran. Cours chez Éloïse, rue du Soleil-d'Or, l'atelier de tissage. Elle t'attend. Je t'y retrouverai.

– Mais vous ? s'inquiéta le Renard. Qu'allez-vous…

Il s'interrompit, la bouche ouverte, une grimace effrayée sur le visage. L'écorcheur venait de sortir de la maison. Il fonçait vers eux, brandissant son crochet de boucher. Derrière lui, la silhouette à capuche était apparue puis, à la vue du chevalier, avait fait demi-tour.

– File ! ordonna ce dernier en bousculant le rouquin qui sortit de son hébétement et repartit en courant.

L'épée haute, Galeran fit face. Le colosse était puissant et lourd, il devrait donc être le plus rapide. Il se jeta de côté pour éviter le premier choc et entailla de son tranchant la cuisse de son adversaire qui poussa un hurlement de rage. Le sang coulait à flots de sa blessure. Le géant s'ébroua et attaqua de nouveau. Le visage du chevalier se durcit. Il passa sous sa garde et balafra le torse du géant d'une marque sanglante. L'écorcheur sortit un couteau et, une arme dans chaque main, évalua son adversaire en soufflant.

– Tu en veux encore ? Veux-tu donc qu'on te nomme l'écorché ? gronda Galeran.

6

En ville, la procession s'était déroulée dans un joyeux brouhaha. Les rumeurs qui avaient couru sur le vol du Voile avaient été démenties par l'apparition de la Sainte Châsse. La vue du reliquaire doré porté par les moines avait fait taire toutes les médisances. Les gens le touchaient en marmonnant des prières, les chevaliers posaient leurs chemises contre lui pour acquérir l'invincibilité que la relique accordait aux guerriers.

La foule en liesse l'avait escorté, jetant des fleurs et des rameaux sur son passage, puis, après la grand-messe, Salisbury l'avait fait reconduire sous escorte à la crypte du Trésor. Accompagné d'Ysambar, son secrétaire, l'évêque était resté un moment à prier dans l'église souterraine avant de regagner l'évêché où l'attendait une réunion du chapitre.

La nuit était tombée et le calme était revenu sur Chartres. On avait tendu les chaînes, les guetteurs s'interpellaient. Dans les maisons, les gens jetaient de la cendre sur les braises. C'était le couvre-feu.

La pleine lune éclairait la cathédrale Notre-Dame quand un religieux se présenta aux gardes du Trésor qui s'écartèrent avec respect devant lui.

– Assurez-vous qu'on ne me dérange sous aucun prétexte ! ordonna-t-il.

– Bien, fit l'un des soldats. Désirez-vous que l'un de nous vous accompagne ?

Le religieux secoua la tête négativement et descendit à la crypte du Trésor.

La grande salle était plongée dans une pénombre inhabituelle, une lampe à huile posée près de la Sainte Châsse en faisait luire le métal, laissant le reste de la pièce dans l'obscurité. L'homme regretta de n'avoir pas pris de flambeau mais le temps n'était plus à l'hésitation. Il alla droit au reliquaire et s'apprêtait à en forcer l'ouverture quand une voix grave, celle de Galeran de Lesneven, s'éleva derrière lui, le faisant sursauter :

– Vous désirez sans doute vérifier si le Voile est bien là, mon frère ?

L'homme se retourna d'un bloc et sa capuche tomba. C'était frère Ysambar.

– Mais que voulez-vous dire, chevalier ?

– Difficile avec vos obligations religieuses de venir plus tôt. Et pourtant, quand vous avez vu passer la Châsse… Vous qui aviez volé le Voile pour que la procession soit annulée et que la foule s'en prenne à l'évêque.

Jehan de Salisbury sortit de l'ombre, suivi du prévôt et de Maël.

– C'est sa voix ! fit ce dernier. Et ses yeux ! C'est lui qui a fait tuer le garde !

– Ce gamin est fou. Et que faites-vous ici, monseigneur ? Et vous, sire prévôt ? Je ne…

– Inutile de simuler davantage l'innocence, Ysambar, le coupa sèchement le chevalier. L'écorcheur vous a dénoncé. Il a tout avoué et sans qu'il soit besoin de recourir au jugement de Dieu ! Il a même donné les noms des autres conjurés. Grossière erreur, Ysambar, d'utiliser un homme si fruste ! Et de le laisser assister à vos séances.

L'homme aurait pu protester, il ne le fit pas. La mine arrogante, il soutint le regard de Salisbury.

– Pourquoi m'avoir trahi ? demanda l'évêque.

Une grimace haineuse déforma les traits du secrétaire.

– Comment avez-vous pu croire qu'un homme comme moi se mettrait à votre service, Salisbury ? cracha-t-il. Vous m'avez volé ce qui m'était dû. Ce que j'attendais depuis des années. Après la mort de Guillaume-aux-Blanches-Mains, il n'y avait qu'un évêque possible, ici, à Chartres et c'était moi ! Moi ! Vous entendez, Salisbury ? Vous n'êtes qu'un imposteur. Je suis le vrai évêque.

Et disant ces mots, l'homme fit mine de se jeter sur l'Anglais, mais Galeran avait été le plus rapide. L'homme s'arrêta net devant la pointe de l'épée posée sur sa gorge.

– Tout doux, Ysambar ! Il suffit ! Un geste de plus et je vous cloue au mur.

L'homme recula d'un pas, essuyant d'un revers de main le sang qui coulait de l'entaille.

– Il vous faut maintenant rendre le Voile de Notre-Dame et payer pour vos crimes.

– Des crimes, quels crimes ? Ce lâche de frère portier qui a refusé de m'aider ? Le gardien de crypte ? Mais j'en aurais tué bien davantage si cela avait été nécessaire pour confondre cet imposteur ! s'écria Ysambar, le visage blême, les yeux exorbités. Quant au Voile, jamais je ne vous dirai où il est ! Jamais ! Vous avez osé faire la procession sans lui, Salisbury, c'est un sacrilège ! Je le clamerai haut et fort.

– Je ne crois pas que vous en aurez l'occasion, rétorqua froidement l'évêque. Emmenez-le, sire prévôt ! Et mettez-le au secret jusqu'à son jugement.

– Et pour ce qui est du Voile, ajouta Galeran, je me fais fort de le trouver sans votre aide.

Le prévôt s'empara du religieux qui hurlait d'abominables blasphèmes en se débattant.

Après avoir à nouveau rassuré Salisbury qui s'inquiétait du sort de la relique, Galeran avait demandé au rouquin de le conduire jusqu'à son maître.

Aux coups répétés sur sa porte, le visage d'Arastaigne s'encadra bientôt dans l'ouverture, puis se tordit d'une grimace en apercevant la haute silhouette du chevalier derrière l'enfant.

– Le bonjour, Arastaigne ! le salua Galeran.

– Salut à vous, messire. Entrez !

Arastaigne se pencha vers le garçon, lui caressant les cheveux au passage.

– Et vous me le ramenez ! s'écria-t-il. Je m'inquiétais...

– N'en fais pas trop, Arastaigne ! le coupa le chevalier. Je sais exactement où commence ta compassion et où elle s'arrête.

Le sourire de l'homme s'effaça, il allait protester, mais Galeran reprit :

– Maël m'a dit que tu étais un homme intelligent. Le seras-tu cette fois encore ou dois-je te donner la raison de ma visite ?

– Non pas, non pas, chevalier. Tout comme je sais qui vous êtes, je sais pourquoi vous êtes là.

– Tu l'as préparée ?

– Oui, messire.

Et l'homme alla à une sacoche dont il sortit un paquet soigneusement roulé dans un linge. Le chevalier le dénoua pour s'assurer que c'était le Voile et le confia au rouquin.

– Moi ? fit celui-ci en tenant le rouleau à bout de bras comme s'il s'était agi d'un nouveau-né.

– Oui, toi. Tu le remettras à notre évêque.

– J'allais le rapporter à Jehan de Salisbury, que Dieu le protège, fit Arastaigne.

– Ce n'est pourtant pas à lui que tu avais fait allégeance, l'ami. Tu espérais bien que cette conjuration te procurerait argent sonnant et trébuchant.

Le visage d'Arastaigne se tordit dans une grimace qui se voulait un sourire.

– Parfois, l'homme s'égare… plaida-t-il.

– Souvent, dans ton cas. Sais-tu que je pourrais t'envoyer pourrir sur la paille des cachots ?

L'homme se laissa tomber à genoux, levant les mains au-dessus de sa tête.

– Ayez pitié, messire fit-il. Ayez pitié.

Puis il se tourna vers Maël, s'accrochant à sa tunique.

– Dis-lui, toi, que sans moi, tu serais mort !

Maël essaya de reculer. Il ne savait toujours pas quels étaient ses sentiments pour Arastaigne, ce qu'il savait c'était qu'il éprouvait une terrible gêne à le voir ramper ainsi à ses pieds.

– Laisse cet enfant ! Et garde ta salive pour de plus crédules ! Le prévôt décidera de ton sort.

Quelques jours s'étaient écoulés. L'écorcheur était mort des suites de ses blessures et on avait jeté son cadavre dans la fosse commune.

Les conjurés avaient demandé le pardon de Salisbury qui le leur avait accordé.

Ysambar, après avoir été marqué au fer rouge et dépossédé de ses biens, fut envoyé en exil dans un ermitage de Dragovitie dans les Carpates. Arastaigne, quant à lui, avait su faire miroiter au prévôt les services qu'il pourrait lui rendre et, dorénavant, il travaillait pour les gens d'armes, dénonçant ses anciens complices et chassant criminels et voleurs avec autant d'habileté qu'il en avait mis à voler.

Quant à Maël, hébergé à l'auberge du Rovin Vignon avec le chevalier, il avait passé son temps à manger. Pourtant, à son grand désespoir, il ne grossissait pas et son ventre protestait toujours. Pire, il avait encore faim.

On frappa au vantail.

– Es-tu enfin habillé ? demanda la voix du chevalier.

Cessant ses rêveries, le rouquin ouvrit la porte. Son manteau de voyage sur le dos, le chevalier se tenait sur l'étroit palier avec dame Éloïse.

Ils descendirent dans la cour, l'aubergiste menant au chevalier son destrier tout harnaché.

– As-tu bien réfléchi ? demanda Galeran en saisissant les rênes que lui tendait l'homme. Si tu viens avec moi, je ferai de toi mon écuyer, sinon dame Éloïse se chargera de toi. Elle et son frère t'enseigneront le tissage.

L'enfant hocha la tête, incapable de répondre tant il avait la gorge serrée. Le chevalier n'insista pas.

– Je te le confie, Éloïse.

– Messire…

Le rouquin sentait les larmes lui monter. Il les refoula et releva le menton, essayant d'articuler malgré la boule qui lui nouait la gorge, il ne réussit qu'à avaler sa salive.

– Qu'y a-t-il, Maël ?

Il saisit la main du chevalier dans la sienne et la serra.

– Ce n'est pas de l'ingratitude, savez, bafouilla-t-il. Vous me manquerez.

– Toi aussi, fit le chevalier en le serrant contre lui.

Puis il ajouta d'un ton bourru pour masquer son émotion :

– Je suis sûr que tu feras un bon tisserand.

Galeran embrassa Éloïse sur le front, puis sauta en selle et fit faire demi-tour à sa monture.

Alors que sa haute silhouette disparaissait au coin d'une rue, la femme entoura de son bras les épaules de l'enfant.

– Eh bien, Maël, ne regrettes-tu rien ?

– Oh si, soupira le garçon.

– Mais alors ? Je ne te comprends pas.

– Jamais y retournera dans son château. Y m'a raconté, il est sur les routes, à changer de villes, à courir des dangers, dans le froid, la pluie, la neige, le vent…

– C'est pour cela que tu n'as pas voulu le suivre ?

Maël hésita, puis finit par répondre :

– Non, ma dame. J'ai toujours erré. Je sais le froid et la peur aussi.

– Alors pourquoi es-tu resté ?

– À cause de lui, ma dame, répondit l'enfant en montrant son ventre creux. J'veux plus jamais avoir faim !

Annexes

Au Moyen Âge, on criait beaucoup. D'où le titre de ce livre : Haro ! qui était le cri demandant à tous de se ruer sur le voleur en fuite ! Un équivalent du « Au voleur ! » contemporain.

On crie pour intimider l'ennemi, pour exprimer sa douleur lors des enterrements, quand on manifeste sa joie, quand on exorcise le démon, quand on demande justice à son seigneur ou simplement pour vanter les qualités d'un vin ou d'une taverne.

Quant aux mots du Moyen Âge, ils étaient riches, imagés, et souvent accompagnés de gestes engageant l'honneur, la parole ou la bonne foi de la personne qui les prononçait.

En voici quelques-uns, rencontrés au fil des pages de ce roman, peut-être les connaissez-vous déjà... certains sont encore utilisés dans les jeux de rôles et dans les jeux vidéo.

Les mots du XIIe siècle…

Anneau de Salut : anneau scellé à l'extérieur de l'église qu'il suffisait de saisir pour échapper à la justice séculière.

Arts libéraux : études pratiquées au Moyen Âge, les arts libéraux étaient au nombre de sept. Composés du trivium (trois disciplines d'initiation : grammaire, rhétorique et dialectique) puis du quadrivium (quatre disciplines terminales : arithmétique, géométrie, astronomie et musique).

Ban : droit de commander, de contraindre ou de punir. Le terme est à la fois utilisé à des fins militaires (le roi ou le seigneur lèvent le ban, sorte de service militaire obligatoire) mais aussi à des fins judiciaires.

Bliaud : tunique longue de laine ou de soie, aux manches courtes dans le Sud et longues dans le Nord, serrée à la taille par une ceinture. Habit de la noblesse ou de la grande bourgeoisie.

Braies : caleçon plutôt long et collant au XIIe siècle, retenu à la taille par une courroie.

Broigne : justaucorps de grosse toile ou de cuir recouvert de pièces de métal, ancêtre de la cotte de mailles.

Calatrava : ordre religieux et militaire fondé en 1158 dans la forteresse de Calatrava en Castille.

Chainse : équivalent de la chemise, tunique en toile ou lin à manches fermées.

Chausses : chaussettes en drap, tricot ou laine parfois munies de semelles de cuir et maintenues par des lanières s'attachant en dessous du genou. Les hauts-de-chausses étaient l'équivalent de nos bas.

Coutel : couteau.

Destrier : cheval de guerre.

Écu : bouclier oblong, triangulaire ou quadrangulaire des hommes d'armes du Moyen Âge.

Goliards : étudiants pauvres vivant d'expédients dans les centres urbains où se situaient les écoles de l'époque. Vagabonds toujours, parfois jongleurs ou bouffons pour gagner quelque argent.

Goupil : renard.

Gueules : couleur rouge dans le langage des armoiries.

Haquenée : jument marchant à l'amble, monture de dame autrefois.

Jouvencelle : jeune fille.

Maître d'œuvre : architecte veillant à la construction d'une cathédrale ou de tout autre édifice de grande taille.

Mantel : manteau semi-circulaire comme une cape, attaché à l'épaule par une agrafe, nommée tasseau.

Orfrois : passementeries, franges et broderies d'or employées pour border les vêtements. On disait « orfraiser » une robe.

Palefroi : cheval de marche ou de parade.

Pourpoint : vêtement d'homme en tissu épais qui couvrait le torse du cou à la ceinture.

Sable : couleur noire dans le langage des armoiries.

Saponaire : ou herbe à foulon, on en trouve en abondance dans les fossés, les haies et le long des chemins, contient un élément qui a la propriété de mousser. On en faisait du savon.

Surcot : vêtement de dessus porté par les deux sexes au Moyen Âge.

Tan : écorces de chêne moulues servant à la préparation du cuir.

Vélin : peau de veau mort-né, plus fine que le parchemin ordinaire.

Hommes et femmes du XIIe siècle

Vous les avez croisés au fil des pages, ils discutaient, bataillaient, vivaient, aimaient et mouraient alors que nous n'étions pas nés.

Abélard : une des premières grandes figures d'intellectuel moderne. Breton né au Pallet en 1079, issu de la petite noblesse, il abandonne le métier des armes pour se lancer dans les études. Philosophe et théologien, il tombe éperdument amoureux à trente-neuf ans d'une jeune fille de dix-sept ans, Héloïse. Leur histoire d'amour fera scandale et, malgré son mariage tardif avec sa belle (elle a accouché d'un fils, Astrolabe), Abélard sera l'objet d'une expédition punitive menée par le père d'Héloïse qui le fera émasculer. Abélard n'en cessera pas pour autant de se battre.

Il fonde l'abbaye du Paraclet dont Héloïse deviendra l'abbesse. Ses écrits théologiques lui valent de belles batailles, la dernière avec Bernard de Clairvaux, en 1140, le laissera brisé. Il est excommunié et se réfugie à Cluny. Jusqu'à sa mort, en 1142, il ne cessera d'échanger avec Héloïse de magnifiques lettres.

Aliénor d'Aquitaine : née en 1122. Toute jeune duchesse d'Aquitaine, à quinze ans, elle épouse dans sa robe d'écarlate le roi de France Louis VII (il a seize ans et l'air d'un adolescent grandi trop vite. Elle dira de lui qu'il ressemble à un moine). Il l'aime follement, mais leurs caractères ne s'accordent pas. Elle divorce en 1152 pour se remarier la même année avec Henri Plantagenêt (il a vingt ans et elle trente), et devenir reine d'Angleterre. Elle lui donnera plusieurs enfants (Richard Cœur de Lion et Jean Sans Terre, notamment...). Capable d'organiser la défense d'une forteresse, d'administrer son duché mais aussi un royaume, cette grande dame du Moyen Âge finira ses jours à l'abbaye de Fontevrault, où elle est enterrée.

Alix : comtesse de Chartres, épouse de Thibaud V.

Bernard de Clairvaux : ce moine fasciné par l'intériorité sera toute sa vie un homme d'action. Né en 1090 de parents riches seigneurs de village, il devient moine de Cîteaux en 1112. Il sera le premier abbé de Clairvaux en 1115. De son vivant, 167 monastères dépendant de Clairvaux seront fondés. Écouté du pape et des rois, il jouera un grand rôle politique et culturel et prêchera la seconde croisade à Vézelay en 1146. Il meurt en 1153.

Guillaume-aux-Blanches-Mains : évêque de Chartres de 1165 à 1177, frère de Thibaud V et beau-frère de Louis VII.

Jehan de Salisbury : philosophe anglais, ami de Thomas Becket, ancien élève d'Abélard, évêque de Chartres de 1177 à 1180, date de sa mort. Apprécié pour son humanisme, son style et la délicatesse de son esprit, il écrit de nombreux textes dont le *Policraticus* et le *Metalogicus*.

Louis VII : né en 1120, mort en 1180. Roi de France, sacré à Reims le 25 octobre 1131. Marié en 1137 à Aliénor d'Aquitaine. Participe à la deuxième croisade avec Conrad III. Divorcé en 1152. Veuf de Constance de Castille, il se remarie avec Adèle de Champagne, mère de Philippe II Auguste.

Prévôt Clément : fils d'un percepteur de tonlieu, il est nommé prévôt par le comte de Chartres et exercera sa charge de 1158 jusqu'à environ 1175 (on ne sait la date exacte de la fin de son mandat).

Thibaud IV : né en 1102, mort en 1151, comte de Chartres et de Blois.

Thibaud V le Bon : sénéchal de France. Oncle du roi Louis VII. Il meurt en Terre sainte en 1191.

Collection Romans

Niveau de lecture : collège

Si même les arbres meurent
de Jeanne Benameur

L'Inde de Naïta
de Patrice Favaro

La Vie, en gros
de Mikaël Ollivier

Fugue en mineure
de Rachel Hausfater

Au clair de la Louna
de Kochka

Avec ou sans celte ?
de Yann Mens

C'est la règle
de Gisèle Pineau

La Boutique Jaune
de Jeanne Benameur

Folle
de Bernard Friot

Kidnapping
de Jean-Marie Firdion

Le Transfo
de Sylvie Deshors

Une île trop loin
de Annika Thor

L'Étang aux nénuphars
de Annika Thor

Les Profondeurs de la mer
de Annika Thor

Vers le large
de Annika Thor

Fils de Django
de Yann Mens

Léo des villes, Léo des champs
de Jean-Philippe Arrou-Vignod

Petit homme reggae
de Christian Moire

Quitte ta mère
de Jeanne Benameur

Des têtards dans un bocal
de Laila Stien

Vol, envol
de Monika Feth

La Fille aux cheveux courts
de Kochka

La Contrescarpe
de Catherine Sanejouand

Cinq
de Marie-Sophie Vermot

E-den
de Mikaël Ollivier

Une heure, une vie
de Jeanne Benameur

L'*Étoile de l'Himalaya*
de Patrice Favaro

Voyage contre le vent
de Peter Härtling

Un boulot d'enfer
de Florence Thinard

Zéro, le monde
de Frédérique Martin

Entre les lignes
de Emmanuel Bourdier

Douze choses à faire avant la fin du monde
de Bjørn Sortland

Baïti baïtak
de Alison Bernard

Sur l'Orénoque
de Pascale Maret

Une photo de toi
de Vincent de Swarte

Martin de Marseille
de Rolande Causse

Nouvelles vertes
Collectif

Le Plus Grand Matin du monde
de Kochka

Tempêtes
de Hanno

Le Si Gentil Monsieur Henry
de Clotilde Bernos

La Fille Corneille
de Bodil Bredsdorff

Hier encore, mon père était mort
de Mikaël Ollivier

Une année douce-amère
de Pascale Maret

24 heures d'éternité
de Hubert Ben Kemoun

Fille des crocodiles
de Marie-Florence Ehret

CET OUVRAGE A ÉTÉ ACHEVÉ D'IMPRIMER
PAR NOS PREUX CHEVALIERS POUR LE COMPTE
DES ÉDITIONS THIERRY MAGNIER PAR
L'IMPRIMERIE TECHNIC IMPRIM À 91 LES ULIS
EN AVRIL 2007 DÉPÔT LÉGAL : MAI 2007

Imprimé en France